ResumenExpress.com

A la sombra de las doncellas en flor

de Marcel Proust

GUÍA DE LECTURA

Escrita por Irène Lazzari
Traducida por Juan Lopez

A la sombra de las doncellas en flor

de Marcel Proust

Entiende fácilmente la literatura con

ResumenExpress.com

www.ResumenExpress.com

MARCEL PROUST

ESCRITOR FRANCÉS

- **Nació en 1871, en París.**
- **Falleció en 1922, en París.**
- **Algunas de sus obras son:**
    - *Por el camino de Swann* (1913)
    - *Albertine desaparecida* (1925)
    - *El tiempo recobrado* (1927)

Nacido en el seno de una familia rica y culta, Marcel Proust asistió desde muy joven a los salones aristocráticos, donde conoció a artistas y escritores. Desde la infancia, su salud fue especialmente frágil y padeció graves problemas respiratorios durante toda su vida. Aprovechando su fortuna familiar, dedicó todo su tiempo a la escritura y en 1907 comenzó a redactar su obra *En busca del tiempo perdido*. Este vasto fresco novelístico consta de siete volúmenes, que se publicaron entre 1913 y 1927, los cuatro últimos póstumamente. La obra novelística de Marcel Proust es gigantesca; con más de doscientos personajes, ofrece una reflexión sobre el tiempo, la memoria emocional, las funciones del arte, y también una meditación sobre sentimientos humanos como el amor, los celos, la homosexualidad y el sentimiento de fracaso. Por todo ello, Marcel Proust se ha consagrado como uno de

los más grandes escritores del siglo XX y está conside-
rado en todo el mundo como el más representativo de
la literatura francesa. De hecho, se han escrito más
obras teóricas sobre él que sobre cualquier otro escritor francés. Así de rotundo fue su legado.

A LA SOMBRA DE LAS DONCELLAS EN FLOR

PRIMER AMOR Y PRIMER RECONOCIMIENTO LITERARIO

- **Género:** Novela

- **Edición de referencia**: À *l'ombre des jeunes filles en fleurs*, París, Le Livre de Poche, 1992, 667 p.

- **1ª edición:** 1919

- **Temas:** Aristocracia, sociedad, amor, celos, arte, escritura, recuerdos, enfermedad

A la sombra de las doncellas en flor es el segundo volumen de la novela *En busca del tiempo perdido*, que consta de siete volúmenes y tres mil páginas. Publicado en 1919, ganó el Premio Goncourt ese mismo año, lo que marcó el inicio de un prestigioso reconocimiento que seguiría creciendo con el tiempo. La novela continúa fielmente la historia del primer volumen, *Por el camino de Swann*, y por ello incluye a los mismos personajes a la vez que añade otros nuevos.

A menudo se ha debatido la cuestión de la autobiografía, ya que el narrador presenta ciertas características similares a las de Marcel Proust. En efecto, la narración se desarrolla desde el punto de vista interno, es decir, con el pronombre personal "yo", y el narrador, además de llamarse Marcel, es un escritor con mala salud, de familia acomodada y que frecuenta los salones aristocráticos de la época. Sin embargo, Proust siempre dejó claro que el escritor y el hombre eran dos entidades diferentes y que sería simplista ver cualquier intención autobiográfica en su obra. *A la sombra de las doncellas en flor* sigue leyéndose en todo el mundo, un siglo después, gracias a decenas de traducciones y, sigue siendo uno de los grandes clásicos de la literatura francesa.

RESUMEN

La novela se divide en dos partes. El primero, "En torno a Madame Swann", relata las relaciones del narrador con personajes de la sociedad parisina y, en particular, con Gilberte Swann, por quien siente un amor que se deteriora progresivamente. En la segunda, "Nombre del país: El país", se instala en Balbec y vive una existencia muy solitaria, hasta que conoce a varias chicas jóvenes y entabla amistad con ellas. Entre ellas, una en particular, llamada Albertine, le interesa; se enamora de ella.

EN TORNO A MME SWANN

Los padres del narrador reciben la visita del señor de Norpois. Marcel tiene entonces unos quince años, pero escucha atentamente al visitante hablar de Monsieur y Madame Swann, amigos de los que sus padres se han distanciado con los años. Enamorado en secreto de su hija, Gilberte, Marcel sugiere al señor de Norpois que le gustaría ser recibido en casa de los Swann, pero éste parece no responder. Juntos mantienen una larga conversación sobre Bergotte, un conocido escritor al que Marcel admira mucho, aunque Monsieur de Norpois no comparte esta admiración. A continuación se discute sobre el futuro de Marcel, ya que sus padres le auguran una carrera en el servicio diplomático, mientras que el joven tiene un don para la escritura y está más interesado en un futuro literario. Sin embargo, Marcel está plagado de dudas, ya que su motivación fluctúa, pero se siente seguro de que una gran herencia familiar, de su tía Léonie, lo mantendrá siempre fuera de la pobreza.

Durante sus paseos por los Campos Elíseos, Marcel coquetea con Gilberte Swann, buscando constantemente el contacto con el cuerpo de esta joven que tanto le gusta y que también parece gustarle él. El narrador experimenta los primeros síntomas de asma, una enfermedad que le molestará el resto de su vida, y busca tratamiento en el Dr. Cottard, un hombre poco instruido pero muy conocido en su campo. Este le ofrece a Marcel un tratamiento que, por desgracia, no es muy eficaz.

Marcel está encantado de que Gilberte le invite, cada vez con más frecuencia, a casa de sus padres, los Swann, cuya reputación está empañada por sus afiliaciones republicanas. En su casa conoce a Bergotte, el eminente escritor que tanto admira, pero le sorprende desagradablemente su aspecto, su porte y su extraña forma de hablar. Bergotte se dio cuenta de la agudeza mental y el potencial de Marcel y se mostró especialmente atento con el joven, mientras sus padres lo miraban con admiración. Las visitas se hicieron cada vez más frecuentes.

Junto con su amigo, Albert Bloch, un joven que disgusta a la familia de Marcel, van a un burdel muy pobre donde el narrador conoce a Rachel, una de las internas. Gilberte está cada vez más molesta por la frecuencia de las visitas de Marcel y desea poner fin a la relación limitándola a una mera correspondencia, lo que causa un gran dolor a Marcel. Cuando se da cuenta de que Gilberte está en

compañía de un joven, se pone muy celoso y va a con-
solarse con unas muchachas de alegría.

NOMBRE DEL PAÍS: EL PAÍS

Han pasado dos años entre las dos partes de la historia
y Marcel ha ido a Balbec con su abuela, a la que quiere
mucho, para tratarse el asma. Se alojan en el Grand-Hotel
de Balbec, en una habitación que le resulta desconocida
y en la que le cuesta orientarse, pero le seducen la proxi-
midad del océano y la amabilidad de las comidas que se
toman en la veranda junto al agua. La timidez del joven
le impide entablar amistad con los jóvenes que le gustaría conocer. Conoce a Madame de Villeparisis, la amante
de Monsieur de Norpois, una mujer muy liberal y de
amplias miras que le seduce. Después se hace amigo de
su sobrino, Robert de Saint-Loup, pero cuando Albert
Bloch se une a Marcel en Balbec, éste intenta dividirlos
diciendo cosas malas de cada uno.

Desde su llegada, Marcel se fija en un grupo de chicas
jóvenes y se siente especialmente atraído por una de
ellas por su belleza. Lleva una vida muy desorganizada,
se acuesta temprano por la mañana, pero justifica su
pereza por su mala salud. Conoce a Elstir, un famoso
pintor, a través del cual conoce a Albertine, la chica a la
que observa desde hace tiempo, así como a Andrée y
Gisèle, sus amigas. Marcel pasa mucho tiempo con este
grupo de chicas, hasta el punto de abandonar a su
abuela. Juntos van a la playa y al casino del hotel a
pasarlo bien. Marcel es perfectamente feliz.

Durante una fiesta de té con amigos, Albertine le desliza una pequeña nota con el mensaje "Me gustas". Más tarde, cuando la joven tiene que pasar una noche en el Gran Hotel, invita a Marcel a visitarla en su habitación. El joven está eufórico ante esta propuesta y, llegado el momento, mientras ella está tumbada en la cama, intenta besarla, pero es brutalmente rechazado. A partir de entonces, se aleja de ella durante un tiempo y dirige su atención a Andrée, con la esperanza de despertar los celos de Albertine.

Termina la temporada, las habitaciones del Grand Hotel se vacían una a una, el casino cierra sus puertas y el tiempo se vuelve lluvioso. Las chicas, Albertine en primer lugar, abandonan Balbec, dejando a Marcel cada vez más solo, hasta que decide volver a París. Todos sus esfuerzos por acercarse a ella fueron en vano y Marcel se queda con un sabor amargo.

ESTUDIO DE CARACTERES

MARCEL, UN NARRADOR QUE ANHELA EL ARTE Y EL AMOR

A la sombra de las doncellas en flor es una narración escrita en primera persona. Es, pues, a través de este "yo" como se viven y se relatan las emociones, los sentimientos y las descripciones. El narrador, el héroe de la novela, se llama Marcel y su edad, en este volumen, se sitúa al final de la adolescencia. Su entrada en el mundo adulto está marcada por ambiciones concretas, ya que aspira a convertirse en artista y, más concretamente, en escritor. Sin embargo, debido a las preocupaciones de su adolescencia, le preocupa mucho la búsqueda del amor, y su atracción por las jovencitas ocupa gran parte de sus pensamientos.

Muy curioso por naturaleza, a Marcel le gusta escuchar las conversaciones de la gente que le rodea para conocer el funcionamiento de la sociedad. También es muy ambicioso y quiere integrarse en las esferas sociales que giran en torno a sus padres, y a particular en la familia Swann. En primer lugar, porque se siente muy atraído por Gilberte, la hija de Monsieur Swann, y en segundo lugar, porque siente una gran admiración por el padre de ella, Charles Swann. Este último, un acaudalado dandi, elegante, discreto y conocedor de las artes, era un estrecho colaborador de la aristocracia parisina. A partir de entonces, Marcel se interesó mucho por este personaje, y luego por los artistas que éste recibía en su casa, como el escritor Bergotte.

Marcel es también un joven muy apegado a su infancia y a sus recuerdos de juventud, y su imaginación es extremadamente fértil, especialmente cuando está enamorado. Su sensibilidad y su timidez le impiden a veces encontrar su lugar entre la gente que conoce, especialmente con los jóvenes de su edad. Su enfermedad asmática dificulta su vida cotidiana y a veces se refugia en ella para legitimar su pereza. Por otro lado, su fortuna familiar le protege de la precariedad y desea dedicar su vida a la escritura.

Desde el punto de vista sentimental, Marcel es un personaje muy celoso que no soporta la competencia y tiene dificultades para confiar en las mujeres. Duda de la sinceridad de las mujeres, especialmente de Albertine, y la somete a un interrogatorio para averiguar cómo pasa su tiempo, tanto el pasado como el presente. Espía todos sus movimientos y la colma de regalos con la esperanza de comprar su docilidad.

CHARLES SWANN

El personaje de Charles Swann está muy presente en el volumen anterior (*Por el camino de Swann*) y permanece omnipresente en todo el ciclo, principalmente en *A la sombra de las doncellas en flor*. Acaudalado dandi, posee un castillo cerca de Combray y mantiene una estrecha compañía con la aristocracia parisina, así como con los artistas y escritores de la época. No se le conoce ninguna actividad profesional, salvo la redacción de una biografía de un pintor flamenco, que quedará inconclusa. Muy encantador por naturaleza, interpretó el papel de un dandi adinerado, que Marcel disfrutó mucho. Después de coleccionar varias conquistas femeninas, se casó con Odette de Crécy, una mujer de la alta sociedad un tanto oportunista. Su matrimonio fue la causa de su declive social, ya que fue muy mal percibido por la pequeña burguesía y los padres de Marcel.

Consciente del rechazo de su mujer, rehúye su compañía cuando acude a cenas o reuniones sociales. Aunque en Combray era muy discreto, en París llevaba una vida social en la que se codeaba con las mayores celebridades.

Proust se inspiró en el personaje real Charles Hass, un contemporáneo suyo que frecuentaba los salones literarios. También judío rico, el joven vivía mundanamente sin ejercer ninguna profesión.

GILBERTE, UN PRIMER AMOR CRUEL

Gilberte es hija de Charles Swann y Odette de Crécy. Después de oír hablar de ella durante mucho tiempo, Marcel sueña con conocerla. La vio por primera vez durante un paseo por los Campos Elíseos y este encuentro permanece grabado en su memoria.

Gilberte es una adolescente consciente de su belleza y de su efecto en Marcel. A partir de entonces, abusa un poco de sus encantos para jugar con los sentimientos de él, sobre todo alejándolo y luego haciéndolo volver con ella para merendar en casa de la familia. Pronto se cansa de sus frecuentes visitas y le hace sentir que su presencia ya no es deseable. Además, es especialmente cruel con el narrador al hacerle falsas confidencias. Mientras Marcel piensa, con razón, que es muy apreciado por los padres de la chica, ésta le responde que sus padres no le aprecian en absoluto y que incluso estarían encantados de saber que su hija ha dejado de verle.

Es bastante carismática por naturaleza y le gusta complacer a los hombres, y Marcel se entera mucho más tarde, a través de la criada de Gilberte, de que se veía con otro hombre con mucha frecuencia durante su relación con el narrador. Gilberte se comporta como una niña mimada con Marcel y su relación se deteriora hasta el punto de limitarse a unas pocas cartas. Marcel espera que Gilberte le ruegue finalmente que vuelva, pero nunca lo hace. Para colmo de males, cuando invita a Marcel a su casa por última vez, cargada de regalos para preparar una reconciliación, Gilberte va del brazo de otro joven cerca del punto de encuentro.

En *En busca del tiempo perdido*, el personaje de Gilberte encarna el primer amor al que se enfrenta el joven Marcel, con toda su pasión, pero también con su crueldad. De hecho, la experiencia con Gilberte será una fuente de gran sufrimiento.

ALBERTINE, UN BELLO ENIGMA

Albertine Simonet es una joven que pertenece a la burguesía. Marcel la encuentra por primera vez en Balbec con su pandilla, montando en bicicleta. Es un personaje importante, ya que reaparecerá en todos los demás volúmenes de *En busca del tiempo perdido*. El narrador la describe extensamente tras haberla observado regularmente desde su habitación de hotel. Su aspecto físico es enigmático, como muestra este extracto descriptivo:

> *"Pero las más de las veces estaba más coloreada, y entonces más animada; a veces sólo la punta de su nariz era rosa, en su cara blanca, tan fina como la de un gatito astuto con el que a uno le hubiera gustado jugar; a veces sus mejillas eran tan suaves que la mirada se deslizaba como la de una miniatura sobre su esmalte rosa, que se hacía parecer aún más delicado, más interior, por la tapa entreabierta y superpuesta de su pelo negro; A veces la tez de sus mejillas alcanzaba el rosa violáceo del ciclamen, y a veces incluso cuando estaba congestionada o febril, y entonces daba la idea de una tez enfermiza que reducía mi deseo a algo más sensual y hacía que su aspecto expresara algo más perverso y malsano, el púrpura oscuro de ciertas rosas, de un rojo casi negro; y cada una de estas Albertines era diferente, como es diferente cada una de las apariencias de la bailarina, cuyos colores, forma y carácter son transmutados por los innumerables juegos de un proyector luminoso."* (pp. 586-587)

Albertine es muy inteligente y tiene un gusto refinado en pintura y vestido. Sin embargo, el narrador la encuentra maleducada e impertinente, y no aprecia su lenguaje de jerga. De hecho, en la segunda cita, le sorprende un tono de voz grosero que no conocía. También le inquieta mucho la posibilidad de que ella sea homosexual. En el casino, por ejemplo, Albertine se entrega a un baile bastante lascivo con su amiga Andrée. Sus relaciones con su pandilla de amigos se consideran ambiguas y Marcel duda cada vez más de su moralidad y de los engaños de los que es capaz. Además, Albertine hace a veces comentarios antisemitas, sobre todo cuando dice que le da asco Bloch, el amigo de Marcel, por su origen judío, y luego sus hermanas.

Albertine comparte un rasgo de carácter con Gilberte, ya que ella también es bastante confusa a la hora de seducir; cuando invita a Marcel a acompañarla a su habitación y éste intenta besarla, ella se niega violentamente. Ella también es consciente del deseo que es capaz de despertar en un hombre y juega con él.

BERGOTTE, SIN PARECERLO

Bergotte es un famoso escritor al que Marcel conoce por primera vez en casa de los Swann. Hombre gentil y de gran bondad, se dedica al joven que le admira a pesar de los celos que siente cuando se entera de que Bergotte y Gilberte visitan juntos a menudo los monumentos antiguos.

Bergotte no es nada apreciado por el señor de Norpois; éste le critica constantemente, cuestionando sus cualidades literarias y su inteligencia, porque, según él, su mente es confusa, a veces es vulgar y sus libros son aburridos. Influido por Monsieur de Norpois, el padre de Marcel también es muy duro con él, pero se ablanda de repente cuando Begrotte elogia a Marcel por su inteligencia.

Marcel está muy sorprendido por su aspecto físico, que dista mucho de lo que había imaginado. Es bajo, fornido, miope, tiene la nariz roja y una perilla negra. También le sorprende su voz, que parece totalmente distinta de su forma de escribir. Marcel dice de él: "Bergotte no parecía un Bergotte" (p. 167), demostrando así la deconstrucción de la representación fantasiosa que tenía de este admirable escritor.

Aunque no es un personaje destacado en la novela, no deja de ser importante, ya que es bajo su estímulo que Marcel decide convertirse también en escritor, abandonando el sueño de sus padres de hacer carrera diplomática. Bergotte regresa en la segunda parte de la novela. Visita a Marcel, a su madre y a su abuela en el Grand-Hôtel de Balbec.

ELSTIR, PINTOR IMPRESIONISTA

Elstir era un reputado pintor que se hizo amigo de Charles Swann. Marcel le vio por primera vez en Balbec y quedó tan impresionado por su talento que le escribió una carta en una cena, expresándole con entusiasmo su admiración y pidiéndole permiso para presentarle sus respetos.

Elstir encarnaba el talento y la emoción. Una anécdota revela que llevó a una modelo a la orilla del mar en plena noche para que posara desnuda a la luz de la luna. Marcel se sintió muy feliz y conmovido por la generosidad de Elstir cuando le invitó a visitar su estudio. Allí, Marcel hace un descubrimiento desconcertante al comprobar que uno de sus viejos cuadros representa a Odette de Crécy, la futura esposa de Charles Swann.

Es Elstir quien, a petición de Marcel, presenta al narrador a Albertine.

CLAVES DE LECTURA

PROUST Y LA BIOGRAFÍA

En busca del tiempo perdido es un ciclo novelístico que representa un continuo temporal, desde los recuerdos de la infancia en Combray hasta la edad adulta y la vida en París, e implica la interacción de casi tres mil personajes. A pesar de las grandes similitudes que el narrador comparte con el autor, Proust siempre ha negado cualquier ambición autobiográfica. Sin embargo, él mismo no sabía realmente qué término podía describir mejor su obra, y su correspondencia de la época -fechada en 1909, es decir, un año después de comenzar la redacción del primer volumen-, revela una ambigüedad. Puesto que Proust se refiere a "todo un libro largo", "no una novela", pero, sin embargo, parece tratarse de "una novela", o "una obra importante -digamos una novela, porque es una especie de novela."

Es difícil ignorar las diferencias fundamentales entre el Marcel que leemos y el Marcel que escribe: el primero no es judío ni homosexual. Además, en *A la sombra de las doncellas en flor*, Balbec es una ciudad imaginaria. De hecho, se describe como una estación balnearia de Normandía, y las visitas de Marcel Proust a Cabourd fueron una fuerte inspiración para la creación de esta ciudad novelesca.

Benoit de Sainte-Beuve, célebre crítico de mediados del siglo XIX, explicaba que la obra de un escritor se hacía eco de su vida y que, para comprenderla, era necesario interesarse por el autor y su vida. Este método de aproximación a los textos se basaba, por tanto, en la búsqueda de la intención poética -también conocida como intencionismo- y en una lectura biográfica. Sin embargo, en su famoso ensayo *Contre Sainte-Beuve*, Marcel Proust replica:

> *"La obra de Sainte-Beuve no es una obra profunda [...] este método ignora lo que nos enseña una relación algo profunda con nosotros mismos: que un libro es el producto de otro yo distinto del que manifestamos en nuestros hábitos, en la sociedad, en nuestros vicios. [...] En ningún momento Sainte-Beuve parece haber comprendido lo que tienen de especial la inspiración y el trabajo literario, y lo que lo diferencia por completo de las ocupaciones de los demás hombres y de las demás ocupaciones del escritor."*

 **¿LO SABÍAS?**

Cuando Marcel Proust presentó su primer volumen, *Por el camino de Swann*, su manuscrito fue rechazado por todos los editores parisinos. Entonces decidió publicar sus 712 páginas con Grasset en régimen de autoedición, es decir, financiando él mismo la publicación.

EL RETRATO DE LAS JÓVENES EN FLOR

Proust es un escritor que concede gran importancia a lo descriptivo en su obra. Cercano a los pintores de su época -sobre todo a Pablo Picasso-, amante del arte y asiduo visitante de los salones parisinos, salpica sus novelas con numerosos momentos de contemplación o referencias a obras de arte reales o ficticias. El personaje de Elstir, en *A la sombra de las doncellas en flor*, se inspira en pintores impresionistas como Claude Monet, Édouard Manet y Auguste Renoir. El propio Proust, cuando dibuja el retrato de un personaje, se preocupa de dar una descripción muy completa, tanto de un rostro como de un cuerpo.

Retratos cambiantes

Las descripciones dan paso a retratos que se pueden leer y que revelan, a la manera de un pintor, las características físicas del personaje, utilizando a veces términos prestados del mundo de la pintura. Es el caso, por ejemplo, del retrato de Rachel, la niña de la alegría que conoce en un burdel, cuya cabellera negra es "irregular como si hubiera sido indicada mediante rayado cruzado en un lavado, en tinta china". Cuando Marcel describe a Albertine de pie junto al mar, compara su perfil con el de las mujeres de Paul Veronese, pintor italiano del siglo XVI. En cuanto a Gilberte, la compara con Melusine, un personaje de hadas de una leyenda medieval representada a menudo en el arte pictórico y escultórico -entre otros por Jean d'Arras, Julius Hübner o Ludwig Michael von Schwanthaler-. Si Proust opta por utilizar la imagen de Melusine, no es sólo para evocar superficialmente este motivo, ya que, Melusine es una mujer serpiente vinculada al mito del Pecado Original tal y como se presenta en la Biblia, por lo que podemos adivinar una forma de culpabilidad asociada a la sexualidad.

Pero esta tendencia a mezclar la literatura con la pintura no sólo afecta a los personajes. De hecho, en muchos momentos, el narrador compara los lugares que descubre con las escenas de los cuadros. Así ocurre cuando Marcel es invitado a comer a casa de los Swann y Gilberte le lleva al comedor: "Y nos llevó al comedor, oscuro como el interior de un templo asiático pintado por Rembrandt."

A partir de entonces, las escenas en las que aparece un nuevo personaje son una oportunidad para que el narrador elabore un retrato. En este sentido, Marcel es un esteta que busca la belleza en la vida cotidiana y *A la sombra de las doncellas en flor* es particularmente representativa de esta curiosidad y atracción por el género femenino, ya que la historia se sitúa en su adolescencia, es decir, en un momento en el que el joven empieza a sentir deseo y fascinación por el otro sexo.

Además, Marcel evoca estos momentos cuando intenta captar la belleza de la persona amada y establece un paralelismo entre la persona observada y la persona recordada:

> *"El modo escrutador, ansioso y exigente con que miramos a la persona amada, nuestra expectación ante la palabra que nos dará o nos quitará la esperanza de una cita para el día siguiente y, hasta que esa palabra se pronuncie, nuestra imaginación alternativa, cuando no simultánea, de alegría y desesperación, todo ello hace que nuestra atención ante el ser amado sea demasiado trémula para obtener una imagen nítida de él. Quizá también esta actividad de todos los sentidos a la vez, y que trata de conocer sólo con los ojos lo que hay más allá de ellos, es demasiado indulgente con las mil formas, con todos los sabores, con los movimientos de la persona viva que habitualmente, cuando no amamos, inmovilizamos." (p. 103).*

Por último, Marcel se encuentra en un estado de exaltación cuando está con Albertine junto al fuego y su rostro redondo le parece tan conmovedor que lo compara con las figuras pintadas por Miguel Ángel, arrastradas por un "torbellino inmóvil y vertiginoso".

¿LO SABÍAS?

Marcel Proust es conocido como el autor de frases muy largas y elaboradas, e incluso existe un adjetivo derivado de su nombre para describir su prolija escritura. De hecho, una frase complicada con muchas yuxtaposiciones puede calificarse de "proustiana". Esto no es sorprendente si se sabe que, en *Sodoma y Gomorra*, la cuarta parte de *La Recherche*, la frase más larga contiene ¡856 palabras!

SÁTIRA DE LA BURGUESÍA Y LA ARISTOCRACIA

La novela está ambientada en la sociedad burguesa de principios del siglo XX, y muchos de los personajes proceden de la aristocracia. El propio Marcel Proust procede de una familia acomodada, muy culta y bien integrada en los salones sociales; sin embargo, no deja de utilizar la ironía para describir esta sociedad y llega a satirizar, es decir, a burlarse, de la hipocresía reinante en este ámbito social.

Una admiración condicionada

El narrador comienza suavemente con una anécdota sobre sus padres que, al principio reacios a que su hijo se relacione con el escritor Bergotte, al que consideran mediocre, de repente muestran admiración por él cuando alaba la inteligencia de Marcel. Este repentino cambio de opinión sobre el escritor se basa en un cumplido para su descendencia, y como padres conscientes de su imagen, quieren rodearse de gente positiva.

¿Qué dirá la gente?

Cuando Monsieur Swann se casa con Odette de Crécy, la pequeña burguesía se muestra muy escéptica ante esta mujer que sólo es medio de la alta sociedad. A causa de este matrimonio, los padres de Marcel se distancian de Monsieur Swann. Él mismo es consciente del declive social de su esposa y acude solo a las recepciones a las que es invitado para no enfrentarse a las burlas de los demás.

Títulos nobiliarios

Proust utiliza un recurso cómico para mostrar lo absurdo de los títulos nobiliarios. Cuando el narrador pasea por los Campos Elíseos con Françoise, la cocinera de su tía Léonie, y van al baño, una anciana "con las mejillas cubiertas de yeso y una peluca roja" se pone a hablar con él. Françoise revela entonces que esta "madame pipi" es en realidad una marquesa que pertenece a la familia Saint-Ferréol. La comicidad de la situación resulta de la evidente discrepancia entre el estatus de la anciana y su aspecto y trabajo poco convencionales. Además, Proust utiliza comillas al referirse a esta marquesa para resaltar el engaño.

Cuando el narrador menciona a una princesa de sangre que cena regularmente en casa de Madame de Guermantes, lamenta que sólo la inviten por su título y no por su espíritu. Marcel añade incluso: "Pero con la ingenuidad de la gente de mundo, en cuanto la recibimos, tratamos de encontrarla agradable, a falta de poder decirnos a nosotros mismos que la recibimos porque la encontramos agradable" (p. 127). Así, Proust denuncia el arcaísmo hueco de los mundanos de rodearse de personajes sólo por su título.

En Balbec, Marcel es testigo de la llegada de la princesa de Luxemburgo, que llega en carruaje y le ofrece su mano. Llena los bolsillos del joven con bastones de caramelo y pequeños paquetes atados. A pesar de su corta edad, Marcel se da cuenta de la condescendencia de la princesa, que sale a pasear mientras alguien le cobija bajo un paraguas.

INCOMPRENSIÓN DEL AMOR Y CELOS EXCESIVOS

Marcel es, pues, un adolescente preocupado por las cuestiones sentimentales y los deseos carnales. Cuando Monsieur de Norpois menciona a la familia Swann al principio de la novela, Marcel recuerda a la joven Gilberte y, en el proceso de recordar, piensa en ella de una manera muy específica. Cuando luego la ve en los Campos Elíseos, tiene que confrontar la representación idealizada de sus fantasías con la joven que está mirando y se siente decepcionado, como si la imaginación hubiera alimentado demasiado su deseo por ella y la realidad objetiva le hubiera alcanzado. Sin embargo, siente un gran deseo por Gilberte y mientras juegan juntos no puede evitar buscar el contacto con su cuerpo. Las manos ya están un poco sensibles y su deseo se intensifica cuando sus cuerpos se tocan.

Una búsqueda difícil

Con Gilberte, la frustración de no haberla conocido más rápidamente da lugar a numerosas fantasías, mientras que con Albertine, el hecho de observarla durante días en la playa contribuye a convertirla en una búsqueda de la que hay que apropiarse. No existe el amor fácil. Por eso, cuando Marcel va a un burdel y conoce a una de las residentes, Rachel, no siente ningún placer en conquistar a esta mujer que ya le ha sido ofrecida. La fuerza del amor es necesariamente el resultado de la dificultad que tiene para obtener lo que desea.

Su acercamiento a Gilberte le hace feliz, ya que presagia una futura relación amorosa, pero cuando percibe que ella se aleja, se muestra aún más decidido a conquistarla. Cuando, ante la insistencia de Gilberte, su relación se limita a las cartas, Marcel muestra su orgullo esperando que sea ella quien le ruegue que vuelva. Este deseo de estar con ella se convierte en una fuente de sufrimiento.

Con Albertine, el planteamiento es similar, ya que la joven parece jugar al gato y al ratón con Marcel, lo que no deja de irritarle. Se siente aún más decepcionado cuando le invitan a reunirse con ella en su habitación y ella, a pesar de lo que sugiere la situación, se niega a aceptar sus besos.

Unos celos que lo consumen todo

Ya sea con Gilberte o con Albertine, los celos de Marcel, que lo consumen todo, son perjudiciales para su bienestar y para la incipiente complicidad que comparte con estas jóvenes. Interroga constantemente a Gilberte sobre sus citas, intenta averiguar sus horarios y desconfía de ella. Cuando la ve con otro joven, va a un burdel para intentar olvidarla.

Con Albertine, el narrador se pregunta sobre su moralidad, sospechando que mantiene relaciones sexuales con los amigos de su banda. Sin embargo, sus celos y su posesividad hacia Gilberte adquieren un fundamento tangible cuando se entera, mucho más tarde, de que ella se veía con otro hombre más a menudo que él. Una vez más, Marcel muestra orgullo y manipulación con Albertine, pues cuando ella le rechaza, él prefiere de repente a su amiga Andrée, y espera que este cambio radical despierte en ella remordimientos.

VÍAS DE REFLEXIÓN

ALGUNAS PREGUNTAS PARA REFLEXIONAR...

- ¿Quién reconoce a Marcel en uno de los cuadros del estudio de Elstir? ¿Qué significa esto?

- ¿En qué circunstancias conoce Marcel a Raquel?

- ¿Por qué Marcel se ríe de su abuela cuando posa para una fotografía y cuáles son sus razones para querer ser inmortalizada de esta manera?

- ¿Dependen una de otra las dos partes de la novela?

- ¿Cómo trata Proust el tema de la homosexualidad?

- ¿Cómo se manifiestan el orgullo y los celos del narrador? ¿Cuáles son las consecuencias?

- ¿Cómo describiría el estilo de Marcel Proust?

- ¿Dónde está Balbec y qué tiene de especial el Gran Hotel donde vive?

- ¿Por qué Albertine decide alojarse en el Grand Hotel?

- ¿Qué similitudes y diferencias comparten el narrador y el escritor?

- ¿Por qué quiere Marcel conocer a Bergotte?

- Marcel siente una gran admiración por Monsieur Swann. ¿Por qué?

- ¿Qué siente Marcel por Odette de Crécy?

PARA IR MÁS LEJOS

EDICIÓN DE REFERENCIA

PROUST M., À *l'ombre des jeunes filles en fleurs*, París, Le Livre de Poche, 1992, 667 p.

ESTUDIOS COMPARATIVOS

Correspondance de Marcel Proust, établie, annotée et préfacée par Philip Kolb, París, Plon, 21 vols. 1970-1993; t. VIII, p. 250

ERMAN M., *Le Bottin des lieux proustiens*, La Table ronde, 2011

HENRY A., *La Tentation de Proust*, París, PUF, 2000

MIGUER-OLLAGNIER M., *La Mythologie de Marcel Proust*, París, Les Belles Lettres, coll. « Annales littéraires de l'Université de Besançon », 1982, 425 p.

PRIEUR J., Marcel avant Proust, seguido de Proust, *Le Mensuel retrouvé*, éditions des Busclats, 2012

TAMRAZ N., *Proust Portrait Peinture*, París, Orizons, coll. Universités/Domaine littéraire, 2010

VAGO D., *Proust en couleur*, colección « Recherches proustiennes», Honoré Champion, 2012

VULTUR, I., *La recepción de la Investigación: ¿una cuestión de género?* en https://www.cairn.info/revue-poetique-2005-2-page-239.htm [consultado el 18 de octubre de 2018]

ZAGDANSKY S., *Le Sexe de Proust*, Gallimard, 1994

¡Su opinión nos interesa!
¡Deje un comentario en la pagina web de su librería en línea,
y comparta sus favoritos en las redes sociales!